鳥籠の木

船田 崇

鳥籠の木＊もくじ

装画　ありかわりか
装丁　宮島亜紀

夜光虫の輪を潜り抜けていく
公園のD51

I

街

夜

私が死んだ夜は
とても透きとおっていたので
私は地平線の真ん中に寝転んで
あらゆる人間の夢を
隅々まで見通すことができた

世界は深く
深く寝静まっていた
遠い荒れ野をよぎる列車の音だけが

カタカタ骨を鳴らしていた

人生で
淋しい旅の途中で
夜ごと人々が点すという
仄かな灯りは遠い星座と対称に
人と人を連ね
その儚い標のあいだを
私の猫がいま走り抜けたろう

記憶の窓には
いつでも暗い顔があった
母親なのか古い知人なのか
役人なのか

神なのか
死んだ私が跪くと夜は逆さまに流れ
月はぼーっ
ぼーっと冷たい息を吐き
なお青ざめた

幻の時計台の影は
影は地上をどこまでも延びて
私はその上を外れないように歩いた
歩いてきた
ただそれだけの
記憶があった

嘔吐

目を開くと
白い砂丘が広がっていた
果てしなく波打ち
どこまで歩いても塵一つ落ちてはいなかった
風を探してぼくは両腕を伸ばしたが
肩は虚しいほど
軽く
星は明滅し
数えることすら不可能だった

この夜は
すべてが黙り込んで
ぼくには胃袋がなかった
なのに空腹だった
空は昔も今も偉大な空白なのだった
月影の下に
途に斃れた人間たちの骸が
折り重なり
乾いた懸崖を露わにして
気づけば孤独な。が
天穹にひとつ浮かんでいた

やがて白く

清潔な砂に蹲りぼくは吐いた
激しく嘔吐したんだ
苦しく身を捩り
出来ることは唯それだけだった

真っ赤な血溜まりが白い無限の土地に
ぽたりと落ちた

樹海

その人の後をついていくと
樹海は暗さを増した
降り積もった雪と月が会話していた
聞こえない言葉の反照
それだけを頼りに歩いてきた

深い闇のなかでは
いつかの行方不明者が零した
いつかの独白が無数に飛び交って

蒼い獣道へと誘うのだった

その人は光の速さで歩いた
しかし一歩も進んではいなかった
背中は目の前まで近づくけれど
触ることすらできなかった
足跡はときに乱れ
ときに整然として
ぼくは踏み跡すら辿れずに
転んでばかりいた

樹海では
原色の鳥が瞳孔を擦り抜けた
一瞬の閃光が心臓を突き刺した

堕ちた病葉の下から
生まれ出なかった言葉たちが
毒霧となって立ち昇り喉を塞いだ

その人はいつも酔っていて
いつも狂っていた
その人が吹き出す血と吐瀉物を
顔に浴びながら歩いた
この道行きは
永遠に続くと信じていた

だが気がつけば空は白み
道は樹海の外に繋がっていた
背中は消え

それは
もとから存在しなかったのか
何処までも拡散していく雪原に
孤独な、 となって立ち尽くし
ぼくは耳を澄ましている

坂をのぼる

良く晴れた休日の朝
街角の縁石に腰をかけて
青褪めた
二日酔いの空を見上げていると
天気予報は文学なのだ
と思ったりする

ガラス越しには
スタバの娘が早くも

ぷるぷる増殖し始めている
一杯の珈琲と引き換えに
僕は何処へ行くのだろうか
と娘らに訊ねると
え？　坂をのぼるのですよ！
一斉に答えるので
いつものようにのぼることにした

トラックや
オートバイがビュンビュン堕ちてくる
坂は一方通行のはずだが
と首をひねり
ひねり歩く
え？　坂は

のぼっているのか
くだっているのか

坂の途中では
裸木が北風に吹かれている
近づくと
それは死んだ親父に違いなかった
乾涸らびた黒い掌に垂れた
一枚の病葉を手に取れば
それはシミだらけの出生届だった
そうだ明日は
住民票を貰いに行かなければ
僕にも貰えるだろうか

坂をのぼり切ると
円い地平線が
ぶくぶくと沸騰していた
千里の荒野を見渡せば
そこにはまた一軒のスタバがあって
僕はまた
一杯のチャイティーラテと引き換えに
道を訊ねるのだろう

追伸
あの日あなたに持たされたプリペイドカードはまだまだ使えるみたいです

試合

靴がないのだった
さっきまで履いていたのに
あれはコバルトの
亜熱帯の海のような靴だった
いつ脱いだのかは
記憶にない
盗まれたのかもしれないが
試合はまもなく始まる

急いで！
と叫ぶ声が聞こえた
誰かの靴を盗んで駆けつけなければ
だが俺の足に合う靴は
見あたらない

何処かの島の
何処かの空き地で
試合はいま始まろうとしていた
俺は裸足で走り出した
ガラスの破片が突き刺さり
足が血塗れになったころ
試合開始のサイレンは

世界中に響き渡った

アウトだよ
と背中から声がする
見上げると
青い靴の群れが
茜空を
悠々と泳いでいた

鉛の河

暗い街道を歩いていると
世界の皮が薄くなってきたので
夜の壁紙を剝がしてクシャクシャに丸め
ポケットに入れる
目の前に透明な崖が現れ
その上で
時計盤の数字はウイルスのように繁殖し
春が下着の裾までやってきている

メニューを読解できずに
店から追い出された人々が
深夜の御堂筋を彷徨っている
靴音の不協和音で今夜も眠れないだろう
突然足元の地面が消え
上げた右足を降ろせないでいると
前から後ろから顔のない肉体がぶつかって
そのたび
回転扉のように
誰かを思い出しては忘れた
思えば僕らはそんな
誰かの一瞬の間に生まれ
死んでいくのだろう

不吉に漣だつ街の
地下道に逃げ込み錆びた扉をこじ開けると
そこには鉛の大河が流れていた
広い芦原で
丸石と獣骨を拾いポケットに入れた
流れに逆らって舟を漕ぐ男がいて
・とインク染みのようだ

物体

家に帰って
スーツを脱ぐと
皮まで一緒に脱げてしまった
なので
のっぺらぼうの真っ赤な塊が
床の真ん中に座っている

そんな物体を
音も光も通り抜け

寒い肌に
ただ風のふるえを感じている
憎しみも悲しみも居ない静かな闇で
ひたひたと落ちる水滴を
5つまで数えた
詩なんか書かなくて
ただ一つの
象形文字をくわえて

存在のボトルは
夜の出窓で
宝石のように陳列されている
すき透ってるけど
空洞ではない沈黙を夢想して

ひたすら顔を擦っていると
頭の先っぽからぴゅっと
何か出たり
する

うさぎと俺

迷惑駐車の
トラックの荷台を
覗くとうさぎだ
正午の白けた光に
前歯がきらりんと反射し
うさぎは
「シュパッ！」と叫んで
通りへ飛び出した

俺は他人事のように
見送ったのだったが
時間が経つにつれ
あれは俺のうさぎだったのではないか
と思い始めた
そうなると
居ても立ってもいられなくなり
実際俺はうさぎを腕に抱きたくて
仕方なくなっていたのだ

街じゅうを血眼で探し回り
半年が過ぎた頃
俺はついに
場末のバーでうさぎを見つけた

うさぎはカウンターに片肘をつき
透明な強い酒をくいくいやっていて
あんた誰？
と冷たく言うのだった

俺は失望した
俺の知っているうさぎは
もうそこにはいないのだった
それで悪酔いした俺は
公園のベンチで
何か毛深いものを枕に寝た
のを憶えている

目が覚めた俺の前で

露出狂がコートを開くと
またもうさぎだ
露出された俺のうさぎはまた
「シュパッ!」と叫んで
剝き出しの地平線へ跳ねていった
見上げると
西の空に
爛れた2つの夕陽が
真っ赤な涙を垂らしていた

坂道

その坂道の途中で
いつも同じ女に会うのだった

あいさつをしたりしなかったり
上りも
下りも会うのだが
上りと下りではまるで違っている
それでも同じ女には違いないのだった

上っている途中に会うと美人だが
下っている途中にはそうでもなかったり
上りは老婆なのに下りは幼女だったり
犬だったり猫だったり
蚯蚓だったり
全裸だったり
幽霊だったり

二度と同じ姿をしていないのに
それは同じ女なのだった
毎日二度会っては
あいさつしたり無視されたりを繰り返し
いつからか
そんな人生を俺は送ってきたのだ

なので
その女が俺の
特別な何かであるのは間違いなく
恋人なのかもしれないし
死に別れた姉か
生まれてくる娘なのかもしれない

だとしたら
女にとって俺は何なのだろう
たぶん女から見た俺も
草であったり石であったりするのだろうし
蟻や田螺や空き缶や流木だったに違いないのだ
とすれば

そこに運命とか愛とか呼ばれるものは
成立し得たのだろうか

と
今日も坂道を上りながら考えるのは
少し幸せな気分なのだった

古い約束

夜中に目覚めたら台所の隅に子どもが座り込んでいた。どこかで会った気がして顔を覗き込んだが目も耳も口もないのだった。俺は気にもかけずに蛇口をひねろうとしたが蛇口は見憶えのある誰かの顔をしている。かまわず捻ると真っ赤な液体がシンクに溢れた。白い皮膚を歪めて子どもがニッと笑った。

それからというもの毎晩のように目覚め台所で子どもと挨拶を交わすのが日課となった。会うたびに懐かしい気持ちに包まれたし蛇口は夜ごと人生で出会った誰かの顔をしていて捻ると回答不能の真っ赤な問いが溢れるのだ。

それが一か月ほど続いた頃だったろうか。子どもは次第に苛立ち始めた。俺のなかにはある後ろめたさが頭をもたげてきた。記憶の彼方に何か古い約束を置いてきた気がするのだ。そして49日目の夜。目覚めた俺は荒涼とした丘にいたのだった。

白けた森に包まれた一軒家の赤い屋根が見える。行く手には光の驟雨が降り注ぎ俺は一本の性器のように突っ立って冷たい風に吹かれていた。道は丘の上でふた手に分かれその分岐点にはいつもの子どもが膝を立てて座っていた。

「約束の時間だよ」と声が聞こえる。俺は全てを思い出していた。そして子どもの膝の上に重なり腰を下ろすと子どもはすっと立ち上がり俺に手を振って光の差す方へ歩き出した。後ろ姿は疲れた中年男のようだった。

それからというもの俺は丘の上で座り込み見ること聞くこと話すことの全てを免除されている。あやしい道標のように傾いているうちに俺は一本の老樹になった。そして時おり鳥や青い鳥がやってきては俺の苦い果実を突っつくのだ。

日誌

目覚めると
たくさんの顔に囲まれていた
僕は
そいつらを全て捕まえて
夢の中へと帰さねばならなかった

しかし僕が手を伸ばすと
顔たちは
小魚のように散り散りに逃げていった

追いかけて狭い窓枠を抜け出し
まだ薄暗い荒れ地を
裸足のまま走った

ふと風が舞い
顔たちは
風船のようにぐんぐん高く浮上した
僕は一つ一つの顔を
空に張り付けようとポケットを探ったが
この日のために磨いてきた吹き矢はすべて
何処かに落としてきていたのだった
その間にも顔たちは
雲の向こうに隠れてしまい
僕は見上げたまま

赤ん坊みたいにわんわんわん
わんわん泣いていた

こうして
にわかに重くなった雲から
冷たい雨が降り始め
丘の上の殺風景な部屋に戻った僕は
枕元に置かれた小さなノートを開くと
本日も異常なし
と記した

君に会いに行く

雨は今日もやまない
おおさかは今日も歪んでいる
巨大な壁画が膿み始める
片側から溶けていく地下鉄
人間はもう液体になって
どこかに出口を探している

嫌な汗が冷たい鉄柱を伝っていく
無数の眼が泳いでいく

よどがわの
川は夕陽を飲み込んで
今にも吐きそうに捩れている
そして今日もまた
君に会いに行く

日常はいつも背中で消費され
レールは陽炎で窒息する
褶曲するおおさかのさかは
高熱でちりちり縮れる神経線維
誰かが俺の左腕を捻り
誰かが俺の右脚を絡め
下半身は露と消え
そうやって不格好な地平線に折り曲げられ

君に会いに行く

溶け出したアスファルトに腰まで浸かって
君に会いに行く
真っ赤に裂けた空をギリギリこじ開けて
君に会いに行く
押し寄せる吉野家とスタバの群れに乗り
君に会いに行く
もう人とはいえない塊になっても
君に会いに行く
6時の鐘が鳴り街がカンカンに凍る前に
君に会いに行く
団地に帰るウルトラマンと軽く会釈をして
君に会いに行く

君に会いに行く
どうやら今日も生きている
から
君に会いに行くんだ

白桃

小径を行くと
縁石の上で
白桃が西日を浴びている

貧者の国の
王女の気高さで
路面に一筋の影が落ちる

緩やかに

傾斜していく
一分一秒の腐敗と
私から
君から失われていく甘い水……

血のように
刺青のように
白い肌を滴り落ちていく悲しみに
私は
悴んだ手を伸ばした

鳥

乾いた音が響いている
成層圏で瘠せた鼠が
車輪をカラカラ回している

よく晴れた時代の
現代の明るい空で
永遠の尻尾がよく観測れるそうだ

雲が甘く熟れれば

雨は母乳に変わるという
胸膜を打つ釣瓶落としの水音

昨夜放たれた
億の夢が泡玉と漂い
風は刃の煌めきを胸に抱いて

形あるものを哀しむのか
鳥のひと鳴きが
膿んだ空の彼方に飛んでいった

草の日

なくした喉は
棚に陳列されている
ぬるい呼吸を繰り返し
しずめて

名づけられ
泣くことをおぼえた
草の日

思い出し歩く
朽ちた裏窓と
そこへ続いている路地
捨てられた
赤と青の硝子玉は窃かに
殺意を育てた

父も母も
消えた午後の
逆光に浮かぶ奇怪な老樹
その節くれた腕

焦げた血と
草々の

乾いた祈りがたち昇れば
陽は
静かに背を向ける

旅の心得

グラスの底に
蒼い水がたまり始めたので
呼吸の方式を変える
そして
朱い列車を三本見送る間に
その後の手順を
確認するのだ

高速で回転する

車両に乗り込むには
まず
腕を外し脚を折る必要がある
それから
胸のボタンから生えてくる
生活の葉を
伸ばした顎の先で抑えながら
飛び込むのだ

こうして
あなたの部屋に辿り着くまでの
気の遠くなる長い旅
長い旅で遅刻を繰り返した僕は
ただ笑っているわけではない

のです

洗口液と一緒に
吐き出される人間の群れに
群れに愛すべき体臭を数え歩きながら
透きとおる白磁の塔だって
手探りしていないわけではない
のです

こうして
あなたのドアまでもう少し
もう少し
と這いずれば
千里の月は隠れ

飾り窓では
飲みかけのボトルが
今夜も
密かに傾く

空想する植物

砂は白く眠り
暮れゆく空には
沈黙が翼を展げていた
銀のフォークに巻き取られる
黄昏のハイウエイ
降り注ぐ青色巨星
ラグーンの黎明

ストローと

果実で構成された地形図
雲海のステップ
君が中指を
昨日くるくる回したら
コップの中で
つむじ風が窒息した

迷宮は君の
胃袋の中にあっただろう
早晩悲歌は爆発するだろう
何かがじっと見ている
俺の暗い器官で
空想する植物

囁き

おやすみ世界
貴方の下着は鋼鉄で
夜はいつも僕を凍りつかせた

おやすみ世界
貴方は霧の彼方
前触れもなく現れて
名のないものを手渡したかと思えば
瞬時に奪い去る

ときには僕らを一人ずつ暗い路地裏に呼び出して
熱いキスをする
こうして去勢の季節は始まった

おやすみ世界
貴方は場末のストリップ小屋

暮れていく空
ワイン色の川
一本の白い指が砂丘に突き立っている
僕の床も壁も天井も
仮定形で据え置かれたまま
歩いても歩いても地球は遠ざかった
古くて新しい本たちがぱたぱたと宙を飛ぶから

僕は！の姿勢で銃を構えた――。

ぱっくりと開いた傷口から
文字たちは滲み出し僕には解読できない
ふり向くと
昨日の貴方には顔がなく
明日は覆面
砂丘には白骨が折り重なり
それを踏む軽快な音にあわせ
僕らはピエロのように歩く

おやすみ世界
貴方は
ときにそそり立つ一行

巨樹は朽ち背景は端から風に削られ
しじまに残る不可思議な風紋

誰かが
海に淋しい染みを零せば
貴方は無限の透明の玉で埋められる
いま宇宙ステーションが観測するのは
胎児の横顔だ
僕らは駆虫薬を飲み過ぎてしまって
再起動が必要だ
半島
滑走路
白い指先
おやすみ世界

ささやき

おはよう世界
おはよう愛しい君よ
気分はどう?
知らないふりをしても無駄だよ
ぼくは君の唯一人の友達
どんなに取り繕おうと
心臓はあんなに高いところでどくどく脈打っている
喜悦の滴は絶えずぼくの頭に降り注いでいる

おはよう世界
おはよう愛しい君よ
振り向かないで
君は誰よりも長生きなのだから
でも
ぼくが先か君が先かなんて無意味な賭けをしたのさ
ぶるぶる震える網膜に白い小鳥が墜落する
そんな幕間の朝に
名も無い木々に
悲しみの芽が吹いても

おはよう世界
おはよう　おはよう
美しい君よ

完璧な形状に閉ざされたオーロラの卵と

故郷をなくしたぼくの白血球たち

それらをポッケに入れた少年が

高い塔の先っぽで手紙を書いている

荒野に蠢く紙魚たちを眺めながら

地球を虹色に変えてしまうこと

なんて

容易いと考えている

おはよう

そしてさようなら世界

懐かしい君よ

こんなに愛しているのに

ぼくらの勝負はいつでもドローに終わった

瞬きするたび振り出しに戻り
一度もぼくは君にたどり着けなかったし
結局は君もぼくを見つけられなかった
ぼくらの空は原色でもセピアでもなく
今この時も遠ざかり続けるマーブルの空
でもぼくは
君の白い胸に耳をあて
遠い雨音を
まだ聞いていたいんだ

帆船

あなたに出会ってから
わたしは
真白いノートを
胸に抱くようになったのです

安物のボールペンは
どれもこれも腐ってしまった
絞り出されたすべての文字は
錆びついて廃墟になった

その日を境に
週刊誌も広辞苑も
恋文も統計学のテキストも
わたしの前で
激しい中毒を起こして頽れるしかなく
そうやってわたしは
夜ごと
シーツを汚すだけなのでした

ああ　このような
美しい予感を抱きながら
何も起きはしない日に
あなたは夕焼けの海を渡る

白い帆船
霧深いわたしの背に浮かぶ
バラの刺青を風紋のように枯らし
なお白く

II

村

ぼんぼん峠

遠い日に
乗った記憶がある
おんぼろバスに揺られ
ぐるぐる街道を蛇のように登っていくと
道端では懐かしい霊魂たちが
やんやんと手を振るから
ぼくもぶるぶる肩を
揺すってみせたのだった

バスは高度を上げて
山道をぐんぐん進んでいく
風景がぼんぼん跳びはねる
樹も草も
あの日から
ずっとしくしく隠れていた
子どもたちも
猿も
ほらみんな
羊歯の葉群からぼんぼん飛び出して
見つかってしまった
夕陽だって縁日の
スーパーボールのように跳びはねて
そんな峠を越える頃

ぼくは
うとうとし始めたのだった

終点ですよ
と起こしてくれた
赤鬼青鬼と握手して
ぼくは昔間借りしていたお城へと登る
登ると天守にはcaféがあって
小さくて丸いおばさんが駆けてくる
隣村からお嫁に来た百年前
最後にお客がきた十年前
土色こおひいを運ぶ両手の甲は
もくもく毛だらけで
毛だらけの両手がぼくの背中を

ゆるゆる撫でている
それから枯れ葉の手紙を両手いっぱい
お土産に渡されたのだった

青空の
お尻の割れ目から流れてくる
きらきら川は
ヤマメや虹鱒や
これから産まれてくる魂たちの
背中が煌めいて
釣果欲しさに子どもたちが集まってくる
お稲荷や戎さんのお面を被って
そろって川面を覗いてると
ぽろりと落っこちてしまいそう

なんだけど
誰も落ちないのは
隣どうし
しっぽを握っているのだった

村に一軒しかない食堂に入ると
どわどわ巨体を揺らし色黒な主人が走ってきた
ちょっと美味しいととっても美味しい
では
どちらをお好みでしょう?
と聞くので
とっても美味しいを注文
すると主人はにやりと笑った
笑った後で

たぷたぷお肉の鍋が運ばれてきて
それが絶品だったので
礼を言おうと主人を捜すが見あたらない
蜂の巣でできたレジスターの上には
ぎらりと光る牛刀と
真っ黒な
毛皮がどっさり落ちていたのだった

この村の住民は
大人も子どもも食べたり食べられたりで
食べられたらいつか還ってくる
あのおんぼろバスに揺られて
還ってくるんだ
すると

ぼくにもしっぽが
くろぐろ生えてきた

それであしたは
とうきょうに戻る日
なのだが
何を食べたら人間に戻れるのだろう
天狗に聞こう
あしたぼんぼん峠で

崖の上で

一日じゅう働いて
帰り道が分からなくなったとき
この村の住民は
きまって一番見晴らしの良い
崖の上に座るのだ

見渡す限り
広がる黒い森は
ときに荒海に変わったり

夕陽に染まるステップになる
遠くに見える一本杉は
「向こう側」との境界を教えながら
ときに銀河を指すロケットや
方舟になったりする

ここに座れば
独りでいても淋しくない
それは一分一秒が
てんでの方に向いているからで
だから別れた友人や
これから出会う恋人と
同時に話すことだってできる

なぜ
獲物になるものは
あれほど美しいのだろう
なぜ
古い船ほど
荒れた海が似合うのだろう
なぜ
光はいつも
地中深く隠れているのだろう

などと考えていると
きまって崖の上に
やさしい風が寄り道をして
悲しいひとの

鼻先を
ぷいっと撫でていくのだ

配達人

住民に郵便が届くのは
年に二度と決まっている
届く前日の夕刻には
西の山脈越しに
金色の狼煙が細く立ち昇る

出番こそ少ないが
村の郵便配達人は凄腕だ
なにしろ葉書どもときたら獰猛で

気安く摑もうとすれば
一瞬で指を嚙み切ってしまうほどなのだから
手紙の連中には翅があって
鎖できつく縛らないと飛んで行ってしまう
小包たちは鈍重極まりなく
打てど叩けどピクリとも動かない
なので郵便を届けるには
超人的な技と集中力が必要なのだ
さらに郵便配達人の家では
たいてい精悍な犬や猿や雉が飼われていて
葉書や手紙や小包を追い立てる
重要な役目を担うのだった

ところが最近は葉書や手紙から

一つ一つの言葉がてんでに脱走するという
想定外の事件も再三起きている
そうなっては犬や猿や雉の手には負えず
村の住民総出で山狩りをするが
その度に
誰かが人知れず
命を落としているという

それでも逃げ果せた奴らは
枯れ枝の先に刺さっていたり
カラスの嘴に咥えられていたり
側溝や公衆便所の片隅に隠れていたりして
そんな言葉たちはどこか一部が
欠けているのだ

突然変異した言葉が新型伝染病を引き起こす
という説もあったが
隣国に伝わる噂話である

確かなことは
郵便配達人が今
この時も
葉書や手紙や小包を住民に届けるため
日夜精進を重ねていること
そして密かに
この村の村長や教師よりも
尊敬されている
と思っていることだ

塀の上

郵便配達人しか通らない
小径の脇のブロック塀に腰掛け
一日中ウソをついて過ごした

この村の教師たちは
ウソを言い続けるとホントになるが
ホントのことを言えば必ずウソになるものだと常々教えている
村の住民は教師をこよなく尊敬しているので
話すことのほとんどがウソなのは

仕方のないことだった

という事情で
村には詩人と猫が住んでいたが
詩人は生涯一度も口を開かなかったことにより
唯一の詩人と認められていて
猫は哲学者と呼ばれていた

夕陽が傾き
黒い影が繁殖して
村じゅうを大きなアミダ籤にした午後
住民たちは洞穴でぐっすり眠ってしまい
ぼくは一日中ウソをついて過ごした
塀の上で猫が怒っている

写真館

どこかの国では
魂を取られるなんていうが
村の写真館では
反対に魂が増えてしまう

村じゅうの誰も
その顔を見たことがないという店主が
暗幕の奥から目玉のようなレンズを伸ばし
シャッターを切る音がすると

撮られた人の周囲には
これまでの人生で縁のあった
魂たちが集まるのだ

それは大勢の場合もあれば
たった一人の場合もあって
生きている者の場合もあれば
死者の場合もある

この写真館で撮ってもらうなら
一人で来た方がいいと言われている
数人で来ようものなら
写真館は魂たちで膨れあがり
なかには浅からぬ因縁を抱えるものもいて

血で血を洗う
大抗争に発展しかねないからだ

夫婦で来ようものなら
さらに目も当てられない
写真館を出て同じ家に帰っていった夫婦は
今まで一組もいないというのだから

現れた魂たちは
夕陽が沈むまでは消えない
ただ
必ず守らねばならない掟はある
何があっても
魂には話しかけないことだ

孤独な者も心配することはない
かく言うぼくも
この写真館で撮ったことがあるのだが
現れたのは小学校の同級生で
転入して一日で学校に来なくなった
M君の魂だった
ぼくらは交わす言葉を持たなかったが
あの一日のように手を繋ぎ
峠の一本杉に
おでんのように刺さった夕陽に向かって
ひたすら歩いた

そして陽が沈み
魂が一つ消えたのだ

理髪店

彼の理髪店は繁盛している
毛を切っている間は
常によそ見をしているが
誰も苦情を言いたてたりはしない
その卓越した腕前を
知っているからだ

その手にかかれば
タイワンリスの尾を一瞬にして

クジャクの羽にかえてしまう
ことなど朝飯前
じっさい
ぼくなどは
彼がエリマキトカゲを
一瞬で折り畳み傘に変えたのを
目の当たりにしたのだ

だから
店の前はいつも
老若男女が列をなしていて
散髪を終えて出てきたときには
見知らぬ誰かになっている

ときには手抜きか
いたずらか
散髪の前後で
ほとんど見た目が変わらない者もいるが
それは気に入らない客らしい
よく見ると
裏焼きのように
黒子や吹き出物の位置も
そっくり
左右反対だったり
目か耳か口のどこか一か所が
逆さに付いていたりする

交差点

産院と寺の間に
銀行と飲み屋の間に
その交差点は
今もある

村で唯一の交差点には
信号も
横断歩道もないが
ルールはある

文明村で知られる
この村では
弱く小さなものから交差点を渡る
渡り終わるまで
強く大きなものは一歩たりと
道へ踏み出しては
ならない

大人は子どもが
子どもは犬が
犬は猫が
交差点を完全に渡りきるまで
路上に突っ立ったままだ

猫は鼠が
鼠は甲虫が
甲虫は蟻が
蟻はミジンコが……この村の住民は
誰もが誠実で
誇り高い精神を持っている

したがってこの村では
未だかつて
交差点を渡ったものは
いないという
もっとも渡る用事など
なかったのだ

時計台

未だかつて
その姿を見た者はいない
時計台は一日に一度
村中で最も静かな場所に現れる
とだけ
古文書に伝えられている
村で唯一の時計なので
血眼で探す者をたまに見かけるが

たいがい他所から来た商売人だ
住民の日常に時計は必要なく
そもそも約束をすることが
この村にはないのだから

ではなぜ時計台が現れるのか
村長も教師も知らない
ただ
命の終わりと
始まりの枕元に
白く美しい時計台が独裁者の亡霊のように佇んでいる
というのは
三年前の冬に流れ着いた
老いた海豹が遺した伝言だ

この村の住民はみな
ふと現れ
ふと消える
彼のための土地は
この地上にも
空の星にも
結局なかったので
何処から来て何処へ行ったかは
親や子にも分からない
その謎は時計台が握っている
という噂もあるにはあるが
土竜が動かしている
という説もある

名前

家々の表札には
何も書かれていない
この村の住民は
名前を持っていないからだ

郵便物は
森の東の三軒目の男とか
薄荷屋の角のばあさんとか
その隣の猫とかでだいたい届く

届かなくても
誰も文句は言わないだろう
そして間違って届いたとしても
みな丁寧に返事を書くのだ

学校では
子どもたちを便宜的に
生まれた場所で呼んでいる
やはり産院というのが多いが
風呂屋や交番
酒屋や橋
空
と呼ばれる子もいる

不便だからといって
住民に名前を付けようと
してはいけない
恐怖で顔をこわばらせるか
たちまち逃げてしまうだろう
この村では
名前を持った者は命を落とすと
言い伝えられているからだ

住民が名前を持つのは
世を去るときだ
彼の最後の言葉が名前となり
自分が誰だったかを
知るのだ

助産婦

寺院の隣に住む助産婦は
最も多くの秘密を握っている

この村に生まれ出る者はみな
左手に一枚の紙片を握っているが
それを受け取った助産婦が
紙片に書かれた事柄を公にすることは
決してないのだった

多いときには
一日に十の赤ん坊を取り上げる
彼女の密かな楽しみは
その日の赤ん坊から集めた伝言を並べ
また並べ替えることなのだが
あるときそれは聖者の予言のようで
あるときは水も滴る恋文や
ナイフのごとき告発文や
果てない砂丘のような公案にも
なるのだった

その遊びに興じるとき
助産婦は何の意図も持ちはしない
それは規を越える行為だからだ

占い師だという噂が
広がったこともある

産院の裏手にある蔵には
数百年にわたって作られた
文献が高々と積み上げられていて
かつてそれを狙った窃盗団が
異国からやってきたが
蔵に侵入したきり
出口を見失ってしまったらしい
一説には
なかで助産婦に出くわし
村の誰もが決して直視しない
鏡のような両眼を見てしまったのが

遭難の原因だといわれている

そして産院の周りには
果樹園が見事なまでに広がって
季節ごとに色とりどりの花が咲き誇る
村の誰もが退屈な午後
めいめいに自分の樹を捜しては
甘い匂いに包まれるのだ

鏡

訪問者が奇異に思うのは
どの家にも鏡がないことだ
住民たちは鏡というものを知らない
生まれてこのかた
鏡を見たことがないのだ

したがって住民たちは
自分の顔を知らない
家族も友達も

あかのたにんが街を歩いていても
その顔が自分より美しいのか
醜いのか
似ているかいないかも分からない
比べようがないし
そのようなことには
関心がないようでもある

言い伝えはある
遠い昔
遠いバナナの実のような形の
島国からきた旅行者が持ち込んだ
一枚の手鏡が
この上ない災厄を

村にもたらしたため
手鏡は峠の天狗の手で
神社の古井戸に沈められた
といわれている

そのため
百年に一度ほどは
手鏡を一目見ようと井戸に入る
若者がいたが
還ってきた者はいない
一説には
自分の顔を見せたくなくなったのだ
とか
自分に見惚れて動けなくなったのだ

とか
真偽の程は不明だが
満月の夜には
不気味な
笑いとも
嘆きともつかない呻きに交じって
サ・ビ・シ・イ
という耳慣れぬつぶやきが
井戸の底から聞こえるという

人違い

声をかけられると
ほとんどは人違いだ
誰もが慣れっこなので
ほとんどは呼ばれた者の
ふりをして答える

そうやって
毎日を過ごしているうちに
自分が誰だったか

誰もが忘れてしまうけれど
誰でもいいのである

いつのまにか
生徒が教師になっていたり
村長が巫女になっていたり
するに違いないけれど
問題ないのである

毎日は楽しい
村はずれの小石の上で
西日に向かい
瘠せ蛙が
目を細めている

猛獣

誰もが密かに
腹に猛獣を飼っているものだが
それはこの村でも同じことだ
住民がいつも腹を空かせているのは
おおかた獣たちが大食だからで
たまに共食いなどが行われるのも
猛獣のせいだと考えられている

村の掟では

放し飼いは禁じられているのだが
獣たちはいつも
脱走しようと狙っているので
油断すれば鼻から尻から
場合によっては口から
穴という穴から飛び出してしまうのだ

娑婆に出た猛獣たちは
どれとして同じ姿をしてない
顔の大きさや形
手足の本数も様々だ
とくに口から出た奴らは厄介なこと極まりなく
この世のものと思えぬ悪態をついて回るので
戦争が起きてしまったこともある

でなくても
我が物顔で村じゅうを練り歩くのを
住民は
耳と鼻を塞いで見送るしかないのだった

そのうえ
外の世界に出てしまえば
獣たちも食いぶちにありつかねばならず
商売を始める者が現れる
路上に店を開いて盗んだ誰かのパンツや
手紙や日記を売り捌く者もいれば
怪しげな天文学の説を開陳したり
子ども相手に不可解な詩を吟じたので
顰蹙を買うことが屡々あった

風紀の乱れを憂えた有志が
数年に一度は山狩りをするのだが
追いつめられた猛獣は
村の誰彼を構わず
その秘事や夢の中の出来事まで
事細かにぶちまけ始めるので
最後は耳を塞いで諦める
のが関の山なのだ

鳥籠の木

森の奥深くに
独りで入っていくと
ごく希にだが
鳥籠の木と出会うことがある

そんなとき木は
きまりが悪そうな顔をする
そして背を向けるのだ
なぜなら

たわわに実らせた鳥籠の
その中身は
どれも空っぽなのだから

だが
空っぽの鳥籠は
村の市場では高値で取引されている
高級食材なのであって
観賞用にも人気だ
気が向けば
その中で一日じゅう過ごすこともできるし
ある条件のもとで午睡すれば
最高に幸せな夢が見られると
もっぱらの噂だ

まれに
鳥が入った鳥籠が
見つかることもある
が
そんなときは
決して村に持ち帰ってはいけない
かつて持ち帰った者は
翌朝
逃げた鳥を追い
村で一番の高峰や岬や絶壁など
この世の果てという果てに向かって
憑かれたように走っていくのを
土竜に発見された

そして
二度と帰らなかったという

一部始終を
見ていたとうそぶく土竜は
ぼんぼやーと呟いて
土中へ帰ってしまった
あとは
可哀想な鳥籠の木だけが
森の奥深く
鳥を回収しようと
いまも彷徨っている

ペンキ屋

空に青と白しか
なかった頃の話である

ペンキ屋は名人だったが
彼が使うのは青だけだった

梯子を高々と空に立て掛け
日暮れまで仕事をする彼を
誰もが度々目にしていた

なぜなら
完璧に張りつめた青空には
所々に裂け目が出来てしまうからだ
この世の裂け目は
誰にも見つからないうちに
ペンキで塗り固める
それが村のペンキ屋の使命だと
先代から言い聞かせられて
彼は育ったのだ

ところが
その年は異常気象で
雲一つ現れなかったから

例年になく空に裂け目が多発していた
裂け目が広がると
何処かで誰かが行方不明になってしまうから
ペンキ屋は大忙し
だが青ペンキが尽きれば終わりだ
助手の土竜は村じゅうの倉庫を探したが
やっと見つけて手渡したのは
赤ペンキだった
そもそも闇でしか行動しない土竜は
青がどれだかわからなかったのだ

そしてペンキ屋が
渡された赤を空に塗った途端
裂け目は真っ赤に広がって

村は夕空に包まれた
初めて見た夕焼けはあまりに美しかったので
村民たちは悲しくなった
悲しみを知ると
ひとりひとりと裂け目から
向こう側の世界へ出て行ったのだ

それ以来ペンキ屋は
あらゆる色を駆使するようになった
そして村民の姿だけを描き続けている
遠くへ行こうと企む村民に頼まれて
そっくりな絵を空に描いてやると
絵は村民の身代わりとなって
家へと帰っていくのだ

昔話

遠い昔に
起きた話だという

灰色しか存在しない国に
ある日巨大な耳が生まれた
それが羽ばたくたびに
空を覆う灰が飛ばされ
眩しい光が差し込んだ

光が差し込んだ国に
ある日巨大な眼が生まれた
それが瞬きするたびに
森や海が色を纏い
果実や魚が育った

果実や魚が育った国に
ある日巨大な歯が生まれた
それが噛みつくたびに
世界は引き裂かれ
悲惨な争いが起きた

やがて地平線の向こうから
透明な騎士が風に乗ってきて

怪物たちを切り裂いた
切り裂いて
耳は海底に
眼は地中に
歯は砂漠に
閉じこめたとき
平和と
死に覆われた国は
静かに沈んでいったという

村に残る言い伝えでは
滅びた国はこの村の下に眠っていて
新月の夜には
閉じこめられた耳と眼と歯が

互いを呼びあって蠢くのだという
この話を聞くと
村の誰もが震え上がるのだ

一説では
高い空から見た村は
顔の形をしているともいうし
高い空から誰かが
福笑いに興じている
とも聞く

飛ぶうさぎ

特別な日に
うさぎが飛ぶという
この場合は
跳ぶではなく
飛ぶが正しい
茜色の空を見上げるとき
瘠せた月と二人っきりの夜
うさぎが飛ぶのは
そんなときだ

彗星のようだという
シャビッ！――
と不可思議な音を残していくという

で
どんな特別な日にうさぎが飛ぶのか
についてては定説がない

村の戦勝記念日は
隣村と川を挟んで河原の石を投げ合ったら
先に向こう岸の石が無くなってしまった
という輝かしい勝利の日なのだが
うさぎが飛ぶのはそんな日ではない

むろん
村長が百四十六期目の無投票再選を果たした日
などでもない

はっきりとは分からないが
村に住む
誰かの思いが誰かに通じた日
とか
村の何処かで
虹色の卵が一つ生まれた日
とか
村の隠居が
探していた古い自鳴琴の見つかった日

とか
村の女生徒が
好きな先生に初めて褒められた日
とか
うさぎが飛ぶのは
そんな日の
どれからしい

ところが
遭遇するのは当事者でなく
村じゅうで最も無関係な誰か
と決まっている

飛ぶ生き物

といえば
雀にしろ蟬や蛾にしろどこか相似形だが
うさぎの場合は耳が立ち
どこか
V字飛行に似ている
短い尻尾には
金色の長い紐が結われていて
星影や
陽の色をきらきら
反射していくのだという

うさぎは何処へ行くのだろう
茫洋とした宇宙の隅で
たぶん

だが
誰かに見つけて欲しいと
思っているのだ

機関車

線路があることを
知っている者は少ない

鉄道会社もない村で
誰が何のために
何処へ向けて敷いたのかは不明だ

草が生え
土に埋もれ

普段はレールの場所も分からないが
役場にたった一枚しかない村の地図には
線路記号が村の中心部を
?の形に通っているのだった

この村では
その年
財産や名誉や愛に最も満たされた者と
正反対だった者とが
真夏の星月夜
二人そろって忽然と姿を消す習いだが
その夜は白銀色の機関車が
闇から現れて二人を乗せ
人知れず村を?に周回して消えると

言い伝えられている
機関士は蝙蝠で
車掌は土竜だという噂もある

あとがき

私がこの村に住むようになったのはいつからでしょうか。世界のどの辺りにあるのかも分からないのです。一説には、四国山地の谷のひだひだの裏側に存在するとか、地表で唯一太陽の光が届かない熱帯の奥地にあるとか。でも、実際のところは誰も知らない。テレビ番組で著名な冒険家が謎の村を突き止めようと侵入したことはありますが、その後、冒険家もディレクターも何も語ることはありませんでした。戻る途中、何もかも忘れてしまったのです。ですから、その実体は今も、厚いヴェールに包まれているのです。

ただ、遥か遠い昔、現在の文明が産まれる前、この地に大きな災害があったことが考古学者某氏の研究で明らかになっています。古文書には、何もかも失われた後の荒野の上に、ぽっかりと白い雲が浮かび、それはいつまでも在り続けたと記載されているそうです。といっても、それも後の文明が誕生してからの記録ですからあてにはなりません。

ある人類学者は、そこは古代の待ち合わせの名所だったが、いつになっても待ち人が現れない人でいっぱいになってしまったのが始まりだと主張しています。ですが、私はこれも信用していません。

ただ一つ説明できるのは、この村に一度住めば、みな自分の名前も住所も無くしてしまうということです。言葉すらもう思い出せない。では、なぜ言葉を忘れた私があなたとこうして話ができるのか、とお思いでしょう。理由は私にも分かりません。が、もしかしたら、あなたもこの村の住民なのかもしれませんね。

■著者プロフィール
船田　崇（ふなだ・たかし）

1966年北九州市生まれ。

詩集『空が最も青くなる時間』（2010年）、詩集『旅するペンギン』（2012年）

詩集『青銅の馬』（2014年）、いずれも書肆侃侃房刊。

詩誌「侃侃」同人。

日本現代詩人会会員

現住所　〒564-0062 大阪府吹田市垂水町3-26-27 プライムアーバン江坂1-902

詩集 **鳥籠の木**

二〇一六年五月七日　第一刷発行

著　者　船田 崇
発行者　田島 安江
発行所　書肆侃侃房（しょしかんかんぼう）
〒810-0041
福岡市中央区大名2-8-18-501（システムクリエート内）
TEL 092-735-2802　FAX 092-735-2792
http://www.kankanbou.com
info@kankanbou.com

DTP　黒木 留実（書肆侃侃房）
印刷・製本　大村印刷株式会社

ISBN978-4-86385-220-4 C0092